Brigitte Kolloch

Lesepiraten

Katzengeschichten

Illustrationen von Leopé

Loewe

Bibliografische Information Der Deutschen Bibliothek
Die Deutsche Bibliothek verzeichnet diese Publikation
in der Deutschen Nationalbibliografie;
detaillierte bibliografische Daten sind im Internet
über *http://dnb.ddb.de* abrufbar.

Der Umwelt zuliebe ist dieses Buch
auf chlorfrei gebleichtem Papier gedruckt.

ISBN 3-7855-5154-1 – 1. Auflage 2004

Umschlagillustration: Leopé
Reihenlogo: Angelika Stubner
Gesamtherstellung: sachsendruck GmbH, Plauen
Printed in Germany

www.loewe-verlag.de

Inhalt

Max reißt aus

„Jetzt reicht's!",
denkt sich Kater Max.
In der Schüssel ist
schon wieder keine Milch,
und gekrault hat ihn auch
seit Tagen keiner mehr.

Stattdessen ist sein Frauchen
damit beschäftigt,
sich mit seinem Herrchen
zu streiten.
Und das schon zum dritten Mal
in dieser Woche.

„Ich brauche Menschen,
die mich lieb haben“,
denkt Max.
„Ich suche mir
ein neues Zuhause.“

Max stiehlt sich davon.
Er rennt und rennt,
bis er nicht mehr kann.
Unter einem Busch
macht er eine Pause.
„Tooor!“,
brüllt auf einmal
eine Stimme.

Max steckt neugierig
seinen Kopf durch die Hecke.
Plötzlich schreit er
laut auf.
„Miau, Miau!“
Es hat ihn etwas getroffen.
Max schüttelt sich.

„Tom, du Blödi“,
ruft ein Junge
in einem gelb-blauen Trikot.
„Du hast
den Kater erwischt.“

Plötzlich sieht Max
ganz viele Jungen näher kommen.
Die einen tragen
gelb-blaue Trikots,
die anderen rot-weiße Trikots.
Vor lauter Schreck
macht Max einen Katzenbuckel.

„Ist der niedlich!“,
meint Tom und streichelt ihn.
Max schnurrt.
Das fühlt sich schon
viel besser an.
„Tom,
wem gehört der Kater?“,
fragt ein zweiter Junge.
Er heißt Hannes.

„Keine Ahnung“,
sagt Tom und zuckt die Achseln.
Hannes seufzt.
„So einen hab ich mir
schon immer gewünscht!
Ob ich den behalten darf?“

Mit Max auf dem Arm
rennt Hannes nach Hause.
Max ist gespannt.
Hannes klingelt.

Mama macht die Tür auf.
Sie sieht nett aus,
findet Max.
„Was hast du denn
da mitgebracht?“,
fragt Mama erstaunt.

Hannes erzählt.
„Wir müssen das melden“,
meint Mama.
Sie überlegen lange.
Max darf bleiben.

Aber nur,
wenn sich Hannes
um ihn kümmert
und sich niemand meldet.
Das tut keiner.
Max ist glücklich.
Er fühlt sich pudelwohl
in seinem neuen Zuhause!

Die kleine Katze will nicht schlafen

Die kleine Katze
will nicht schlafen.
Viel lieber mag sie
noch ein bisschen herumtollen.
Auf ihrem Bauernhof.
Die kleine Katze
läuft in den Kuhstall.

„Muh …“,
tönt es dort aus jeder Ecke.
Das sind vielleicht
komische Geräusche!
Bei den Kühen steht Leni.
Sie ist die Bauerstochter.
„Na, kleine Katze,
willst du Milch?“,
fragt Leni.

Oh ja, das will sie!
Die kleine Katze
trinkt etwas Milch.
Dann spielt sie
Kuhschwanz-Ausweichen.

„Puh,
ist das anstrengend.“
Die kleine Katze gähnt.
Aber schlafen will sie nicht.

Sie versucht,
eine Maus zu fangen.
Doch die Maus ist schneller.
Die kleine Katze
wird immer müder.
Aber schlafen will sie nicht.

Gleich hinter dem Stall
ist die Scheune.
Hier spielt die kleine Katze
besonders gerne.

Sie klettert
auf einen Holzbalken.
Der Balken ist direkt
über einem großen Heuhaufen.
„Juhu!“
Schon ist sie gesprungen.
Das macht Spaß!
Die kleine Katze
wird noch müder.
Aber schlafen will sie nicht.

Hoppla,
jetzt ist sie gestolpert.
Aber zum Glück ins weiche Heu.
„Ist das gemütlich“,
denkt die kleine Katze.
Dann fallen ihr die Augen zu.

Wer ist die Schönste ...?

Fünf Katzen haben sich
unten im Hof versammelt.
„Ich bin die Schönste!“,
piepst die erste.
„Ich bin noch schöner“,
maunzt der Kater.

„Ich bin ...“,
will gerade eine andere sagen,
da unterbricht sie
eine bunt gefleckte Katze.

„Wir machen einen Wettbewerb“,
schlägt sie vor.
Der Kater verzieht sich sofort.
„Weiberkram!
Da mach ich nicht mit!“

„Ich habe blaue,
glasklare Augen“,
flüstert ein vornehmes Kätzchen.
„Und ein wuschelweiches Fell.“
„Ich bin dafür groß und schlank.“
Eine weiße Katze
reckt sich hoch auf.

„Ich bin zottelig, dick
und habe ein grünes
und ein blaues Auge“,
sagt eine zottelige Katze.
Alle lachen.
„Aber dafür bin ich glücklich!“

Da kommt Oma Lotte.
Sie nimmt die Zottelkatze
auf den Arm,
streichelt sie und sagt:
„Du bist die Beste."
Da lacht keiner mehr.

Eine Katze für Oma

Jeden Mittwoch geht Laura
nach der Schule zu Oma.
Mit Oma hat Laura
dann viel Spaß!
Oma ist immer lustig.
Außerdem macht sie
die besten Omapfannkuchen
der Welt.

Doch seit Opas Tod
ist alles anders.
Oma ist traurig.
Meistens verschläft sie
den ganzen Tag.
Auch die Pfannkuchen
schmecken nicht mehr
so wie früher.

Als Laura heute kommt,
steht die Tür offen.
Oma schläft auf dem Sofa
im Wohnzimmer.
Laura hat Hunger.

Sie geht in die Küche.
Doch der Kühlschrank ist leer,
der Mülleimer quillt über,
und das Geschirr
ist seit Tagen nicht abgespült.

Plötzlich steht Oma in der Tür.
„Was ist nur mit dir los?“,
fragt Laura und nimmt
ihre Oma in den Arm.
„Ach Kind“,
sagt Oma traurig.
„Keiner braucht mich mehr.“

„Mama, ich will,
dass Oma wieder lacht“,
sagt Laura am Abend
zu ihrer Mutter.
Sie überlegen.
„Oma braucht eine Aufgabe“,
sagt Mama nachdenklich.

„Ich hab's!",
ruft Laura.
„Wir schenken Oma
eine Katze.
Um die kann sie sich kümmern,
und alleine
ist sie dann auch nicht mehr!"

Am nächsten Tag
klingeln Mama und Laura
an Omas Tür.
Laura hat eine kleine Katze
auf dem Arm.

Es dauert lange,
bis Oma aufmacht.
Mit einem Mal strahlt sie
übers ganze Gesicht.

„Wer ist das denn?“,
fragt sie.
„Sie heißt Bella“,
sagt Laura.
Bella springt ins Haus.
Oma lacht:
„Herzlich willkommen, Bella!“

Seit Oma Bella hat,
ist sie wieder die Alte.
Oma ist lustig,
weil sie die ganze Zeit
mit Bella spielt.

Oma geht jeden Tag einkaufen,
weil Bella am liebsten
frische Sachen isst.
Und die Pfannkuchen
schmecken auch wieder.
So wie richtige Omapfannkuchen.

Wo ist Oskar?

Maja kommt aus der Schule.
Sie freut sich schon
auf ihren Kater Oskar.
Mit dem spielt sie
nachmittags immer.
Oskar ist elf.
Drei Jahre älter als Maja.

Er ist ein Katzenopa,
der viel Unsinn macht.
Maja schmeißt ihren
Ranzen in die Ecke.
„Oskar“,
ruft sie fröhlich.
„Oskar, wo bist du?“
Kein Oskar weit und breit.

Maja sucht.

Oskar versteckt sich gerne.

„Komm raus,

ich will mit dir spielen!“

Aber Oskar kommt nicht.

Maja macht sich Sorgen.

Hoffentlich ist Oskar

nichts passiert.

Maja geht in den Garten.

Sie sucht Oskar
in seinen Lieblingsverstecken:
hinter der Regentonne,
unter der Tanne,
im Geräteschuppen ...
Oskar ist spurlos verschwunden.
Plötzlich hört Maja
ein leises Miauen.

„Oskar, wo bist du?“,
ruft Maja.
„Miau!“
Da entdeckt sie Oskar
auf dem Garagendach.
„Oskar, da bist du ja!“
Oskar sitzt
schon lange da.

Hinaufkommen war einfach,
immer dem Schmetterling nach.
Aber hinunter
hat er sich nicht getraut.
Majas Vater holt Oskar
mit der Leiter herunter.

„Merkt euch eins“,
sagt Majas Vater ernst.
„Oskar ist zu alt zum Klettern
und Maja zu klein, klar?“

Maja nickt,
und Oskar zieht den Schwanz ein.
„Schön, dass du wieder
da bist, alter Kater“,
sagt Maja glücklich
und schließt ihren Oskar
in die Arme.

Die Katze und der Mond

Eine Katze hat sich
in den Mond verliebt.
Sie liegt unter einem Baum
und schaut sehnsüchtig
in den Himmel.

„Ich komme, lieber Mond“,
flüstert sie leise.
„Gleich bin ich bei dir.“
Die Katze klettert
den Stamm hinauf.
„Ich komme, lieber Mond“,
sagt sie und klettert
die dicken Zweige hinauf.

„Gleich bin ich bei dir!“,
verspricht sie und klettert
bis zu den dünnen Zweigen.
„Ich komme, lieber Mond!“
Die Katze kann es
kaum erwarten.
Sie klettert weiter
und merkt nicht,
dass die Zweige
immer dünner werden ...

... und plötzlich hinunterkrachen!
Schon plumpst die Katze
auf die Erde hinab –
und wird wach
in ihrem Körbchen.
Sie hat geträumt.
Der Mond aber
steht oben am Himmel
und flüstert:
Glück gehabt!

Katzenbabys

„Papa, warum ist unsere Katze denn so dick geworden?“, fragt Leo.
„Carla ist trächtig“, antwortet Papa.
„Was bedeutet das?“, will Leo wissen.

„Carla bekommt Babys."
Leo freut sich.
„Toll, wann kommen sie?",
fragt er.
„In ein paar Tagen",
antwortet Leos Papa.

Leo guckt jeden Morgen
in Claras Körbchen.
Aber – noch keine Babys!
Leo wird schon
ganz ungeduldig.

Drei Tage später
sitzt Leo beim Frühstück.
Da kommt Papa.
„Leo, schnell.
Die Babys sind da!“,
ruft er.

„Wo denn?“,
fragt Leo aufgeregt
und folgt Papa ins Schlafzimmer.
Papa lacht
und zeigt auf die Kommode.

„Ich wollte mir
frische Socken anziehen.
Da lag Carla in der Schublade.
Mit ihren drei Babys."
Leo freut sich.
„Juhu!
Gleich nach der Schule
werde ich mir für jedes
einen Namen ausdenken."

Meine Katze spinnt

Es war an einem Sonntagmorgen.
Ich musste mal.
Als ich mir
die Hände waschen wollte,
stupste meine Katze Lilli
die Toilettentür auf –
und sprang ins Waschbecken.

Komisch!

Ich dachte immer,

Katzen sind wasserscheu.

Lilli war sehr durstig.

Erst trank sie das Wasser

aus dem Wasserhahn.

Später eine Schale Milch

nach der anderen.

Komisch!

Zwischendurch spielte Lilli.
Sie jagte einer kleinen, grünen
Kugel hinterher.
Vielleicht eine Murmel?
„Mama, mit was spielt Lilli?“,
fragte ich.
Mama lachte.
„Mit einer Olive!
Pass auf,
gleich frisst Lilli sie.“

Jetzt wurde mir einiges klar.
Oliven machen durstig.
„Ich habe noch nie
von Katzen gehört,
die Oliven fressen“,
sagte Mama.

„Lilli ist bestimmt
eine italienische Katze“,
sagte ich lachend.
„Und eine Katze, die spinnt.“

Brigitte Kolloch, 1975 geboren, wuchs in Münster (Westf.) und Hannover auf. Bereits während ihrer Gymnasialzeit veröffentlichte sie Geschichten, Gedichte und Bilder. Nach dem Abitur machte sie eine Ausbildung zur Kinderkrankenschwester. Heute arbeitet sie auf einer Frühgeborenen-Intensivstation und ist weiterhin auf der Spur neuer Geschichten und Gedichte für Kinder.

Leopé erblickte 1960 in Heilbronn das Licht der Welt. Sobald er Stifte halten konnte, bemalte er alles, was ihm zwischen die Finger kam. Deshalb studierte er in Stuttgart Grafik-Design. Anschließend machte er eine Ausbildung zum Erzieher.

1995 veröffentlichte Leopé sein erstes Bilderbuch und hat seitdem mehrere Kinderbücher geschrieben und illustriert. Er lebt heute in Berlin.

Lesepiraten

Loewe

Lesepiraten

... Abenteuergeschichten
... Adventsgeschichten
... Detektivgeschichten
... Eisbärengeschichten
... Feriengeschichten
... Freundschaftsgeschichten
... Fußballgeschichten
... Geburtstagsgeschichten
... Geheimnisgeschichten
... Geschwistergeschichten
... Gespenstergeschichten
... Gruselgeschichten

Lesepiraten

... Hexengeschichten
... Indianergeschichten
... Kuschelgeschichten
... Lagerfeuergeschichten
... Pferdegeschichten
... Ponyhofgeschichten

... Rittergeschichten
... Schatzinselgeschichten
... Schulgeschichten
... Schülergeschichten
... Spürnasengeschichten
... Weihnachtsgeschichten

Loewe